So schön ist das Leben

esslinger

Du plaisir à l'état pur -
Das pure Vergnügen

So schön ist das Leben

INHALT

Mut tut so gut!	6
Architekt der eigenen Träume	24
Lebenskünstler	40
Glückskind	58
Genießen, genießen, genießen	74
Freundschaft und Liebe	92
Atempausen für die Seele	108
So schön ist das Leben!	126

Sei unerschrocken,
unerschrocken,
gänzlich unerschrocken!

Edmund Spencer

Das größte Vergnügen
im Leben besteht darin,
das zu tun,
von dem die Leute behaupten,
man könne es nicht.

Walter Bagehot

Wenn du am Rande
des Lichts stehst
und einen Schritt
ins dunkle Unbekannte
machen sollst,
kann dir Folgendes passieren:
Entweder du stößt
auf etwas ganz Solides,
das dir Halt gibt,
oder du lernst fliegen.

aus Deutschland

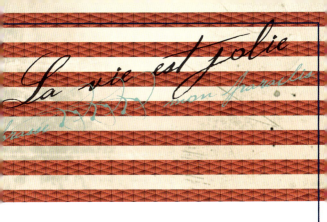

In zwanzig Jahren
werden Sie eher
von den Dingen
enttäuscht sein,
die Sie nicht getan haben,
als von denen,
die Sie getan haben.
Lichten Sie also den Anker
und verlassen Sie
den sicheren Hafen.
Lassen Sie den Passatwind
in die Segel schießen.
Erkunden Sie. Träumen Sie.
Entdecken Sie.

Mark Twain

Das Glück
besteht darin,
zu leben wie alle Welt
und doch
wie kein anderer
zu sein.

Simone de Beauvoir

Leute mit Mut
und Charakter
sind den anderen Leuten
immer sehr unheimlich.

Hermann Hesse

SCHARFE SCHOKO-CHILI-TARTE

Das braucht man:

100 g Butter
50 g Puderzucker
150 g Mehl
1 Ei
400 g Schlagsahne
1-2 Messerspitze gemahlener Chili
1 EL Rum
300 g Zartbitter-Schokolade
1 Tafel Edelbitter-Schokolade mit Chili
(62% Kakao)
Kakao und Puderzucker zum Bestäuben,
Mehl zum Ausrollen,
Fett für die Form,
Backpapier
Trockenerbsen zum Blindbacken

BON APPETIT

Für mutig – feurige Schleckermäuler

So macht man´s:

Butter in Stücke, Puderzucker, Mehl und Ei zum glatten Teig verkneten. 30 Min. kalt stellen. Den Teig ausrollen und eine gefettete Tarteform damit auslegen. Boden mit Gabel einstechen und noch einmal kalt stellen. Form dann mit Backpapier auslegen und mit Trockenerbsen füllen. Im vorgeheizten Backofen 12 Min. vorbacken. Erbsen und Backpapier entfernen, weitere 12-15 Min. zu Ende backen, abkühlen lassen. Inzwischen für die Creme Sahne in einem Topf erhitzen und mit Chilipulver und Rum würzen. Schokolade hacken, und in dem Sahnegemisch schmelzen. 1 Stunde stehen lassen. Creme in Tarteform füllen und 4 Stunden kalt stellen. Vor dem Servieren mit Kakao und Puderzucker bestäuben.

WIDERSTAND ZWECKLOS!

Die Zukunft
hat viele Namen.
Für die Schwachen
ist sie die Unerreichbare,
für die Furchtsamen
ist sie die Unbekannte,
für die Tapferen
ist sie die Chance.

Victor Hugo

Je nachdem,
wie mutig ein Mensch ist,
expandiert oder schrumpft
sein Leben.

Anaïs Nin

Fürchte dich nicht
vor einem großen Schritt.
Mit zwei kleinen Sprüngen
kannst du keine Schlucht
überwinden.

aus England

Die Kunst ist,
einmal mehr aufzustehen,
als man umgeworfen wird.

Winston Churchill

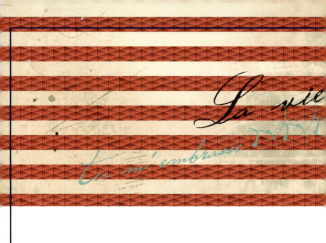

Habt doch endlich mal die Courage, euch den Eindrücken hinzugeben, euch ergötzen zu lassen, euch rühren zu lassen, ja euch belehren und zu etwas Großem entflammen und ermutigen zu lassen.

Johann Wolfgang von Goethe

Ihr sollt nicht
eure Flügel falten,
damit ihr durch
Türen kommt,
noch eure Köpfe beugen,
damit sie nicht gegen
eine Decke stoßen,
noch Angst haben zu atmen,
damit die Mauern nicht
bersten und einstürzen.

Khalil Gibran

ARCHITEKT
DER EIGENEN
TRÄUME

Gegen Zielsetzungen
ist nichts einzuwenden,
sofern man sich dadurch
nicht durch interessante
Umwege abhalten lässt.

Mark Twain

Bewegt man sich
zuversichtlich in die Richtung
seiner Träume und strebt
danach, das Leben zu führen,
das man sich vorstellt,
erlebt man Erfolge,
die man nicht erwartet hat.

Henry David Thoreau

Achte gut auf diesen Tag,
denn er ist dein Leben
- das Leben allen Lebens.
In seinem kurzen Ablauf
liegt alle Wirklichkeit und Wahrheit
des Daseins, die Wonne des Wachens,
die Herrlichkeit der Kraft.
Das Gestern ist nichts als ein Traum,
und das Morgen nur eine Vision.
Aber das Heute - richtig gelebt -
macht jedes Gestern zu einem Traum
voller Glück und das Morgen
zu einer Vision voller Hoffnung.
Achte daher wohl auf diesen Tag.

aus dem Sanskrit

Ein Traum ist unerlässlich,
wenn du deine eigene Zukunft
gestalten willst.
Sei der Bildhauer deines Traumes,
denn er kann geschliffen werden,
wie ein roher Diamant.
Gib ihm die Form, das Leben,
die Farbe, die du für richtig hältst.
Sei kreativ, mutig und verzage
nicht beim Realisieren
deines Traumes.
So wirst du eines Tages
glücklich und zufrieden sein.

Klara Löwenstein

Sei du selbst. Lerne,
durch dein Handeln Gefühle,
Empfindungen und Farben
zu erschaffen wie der Maler,
wie der Schöpfer
des Universums.

Indianische Weisheit

Manche Menschen sehen
die Dinge, wie sie sind,
und fragen: „Warum?"
Ich wage von Dingen
zu träumen,
die es niemals gab,
und frage: „Warum nicht?"

Robert Browning

FINANCIERS

MANDELKÜCHLEIN MIT BEEREN

Das braucht man
für ca. 35 Stück:

200 g Zucker
125 g Mehl
125 g gemahlene Mandel
5 Eiweiß
125 g geschmolzene, abgekühlte Butter
ca. 35 Beeren,
z.B. Blaubeeren und Himbeeren

BON APPETIT

Für die, die von den feinen Dingen nicht nur träumen, sondern sie auch leben!

So macht man´s:

Backofen auf 180° C vorheizen. Zucker, Mehl und Mandeln mischen. Eiweiß steif schlagen, den Zucker-Mehl-Mix unter Rühren dazugeben. Anschließend die Butter unterziehen. Masse in kleine Silikonförmchen oder in gefettete und mit Mehl bestäubte Metallförmchen füllen und je 1 Beere in die Mitte setzen. Ca. 25 Min. backen.

OOCH ... LECKER!

Die Zukunft
gehört denen,
die an die Wahrhaftigkeit
ihrer Träume glauben.

Eleanor Roosevelt

Wie bei einem Theaterstück
kommt es nicht darauf an,
wie lange es dauert,
sondern wie gut
es gespielt wird.

Lucius Annaeus Seneca

Trenne dich nie
von deinen Illusionen
und Träumen.
Wenn sie verschwunden sind,
wirst du weiter existieren,
aber aufgehört haben,
zu leben.

Mark Twain

Wer am Tag träumt,
wird sich vieler Dinge
bewusst, die dem entgehen,
der nur nachts träumt.

Edgar Allan Poe

LEBENS-KÜNSTLER

Der Gedanke ist alles.
Der Gedanke ist der
Anfang von allem.
Und Gedanken
lassen sich lenken.
Daher ist das Wichtigste:
die Arbeit an den Gedanken.

Leo Tolstoi

Das Leben
besteht nicht darin,
gute Karten zu erhalten,
sondern mit den Karten
gut zu spielen.

Sprichwort

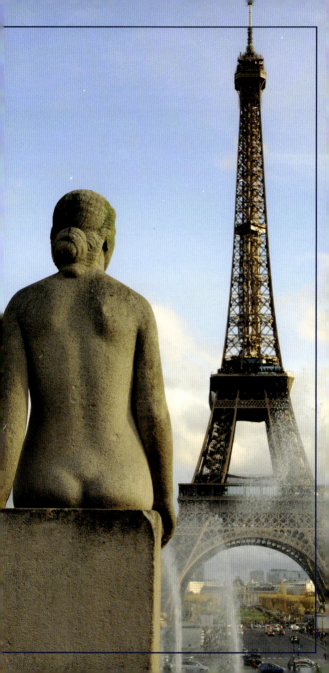

Ich habe nur einen Grundsatz,
und das ist der, gar keinen
Grundsatz zu haben.
Grundsätze sind
enge Kleidungsstücke,
die einen bei jeder
freien Bewegung genieren.
Was mich freut, das tu ich;
was mich unterhält, das such ich;
was mir gefällt, das lieb ich;
ich bin mein eigener Herr,
ich habe niemandem
Rechenschaft zu geben.

Johann Nepomuk Nestroy

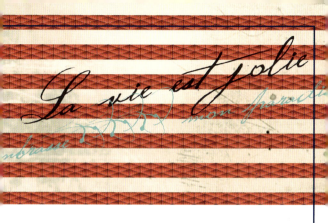

Es gibt zwei große Lebensregeln,
eine allgemeine und
eine besondere.
Die erste besagt, dass jeder
schließlich erreichen kann,
was er will, wenn er es
nur versucht.
Das ist die allgemeine Regel.
Die besondere Regel ist,
dass jeder einzelne mehr oder
weniger eine Ausnahme
von der allgemeinen Regel ist.

Samuel Butler

Bonjour

Man muss über die Freuden des Lebens nicht viel reflektieren.
Man genießt sie besser, ohne sie zu zählen oder zu zergliedern.

Jean Paul

Lebenskünstler sind diejenigen, welche im richtigen Moment gelassen bleiben.

Stella Jakoby

MARZIPAN-KUCHEN

mit Holunderblüten-creme

Das braucht man:

Für den Kuchen:
250 g Margarine
500 g Marzipan
5 Eier
70 g Mehl

Für die Creme:
4 Eier
50 Zucker
3 flach gestrichene TL Weizenstärke
50 ml Holunderblütensaft
300 ml Sahne
150 ml Joghurt

BON APPETIT

Für die, die einmal etwas anderes ausprobieren wollen:

So macht man´s:

Für den Kuchen den Ofen auf 175° C vorheizen, die Butter und das Marzipan cremig rühren, Eier und Mehl hinzufügen und den Teig 25 Min. ausgerollt backen.
Für die Creme die Eier mit dem Zucker verrühren, den Holunderblütensaft mit der Stärke vermixen, die Sahne schlagen und dann alles miteinander vermischen.
Die Creme im Ofen andicken lassen, abkühlen lassen und den Joghurt dazu fügen.
Vorsichtig auf den Kuchenteig streichen.

Unbedingt probieren!

Die wahre
Lebenskunst
besteht darin,
im Alltäglichen
das Wunderbare
zu sehen.

Pearl S. Buck

Es geht nicht darum,
dem Leben mehr Tage
zu geben,
sondern den Tagen
mehr Leben.

Cicely Saunders

Jedes Glück hat
einen kleinen Stich.
Wir möchten so viel:
Haben. Sein. Und gelten.
Dass einer alles hat:
Das ist selten.

Kurt Tucholsky

Der Mensch liebt es,
nur sein Unglück zu beachten,
sein Glück aber zu übersehen.
Würde er aber richtig sehen,
so würde er erkennen,
dass ihm beides beschert ist.

Fjodor Dostojewskij

Genuss ist die
wirkungsvollste Art,
für einen Moment
die Vergänglichkeit
zu unterbrechen.

Gero von Randow

Genieße und lasse genießen,
ohne dich und irgendjemand
sonst zu schädigen: Das ist,
meine ich, die ganze Moral.

Nicolas Chamfort

Überall scheinen die Dinge
uns zur Freude bereitet.
Wenn uns der Schlaf ruft,
erfreut uns die Dunkelheit,
und wenn wir aufwachen,
beglückt uns das Tageslicht.
Die Natur ist mit einer Fülle
von Farben geschmückt,
Töne schmeicheln unseren Ohren,
was wir essen, ist wohlschmeckend,
und als wäre dies noch nicht
genug des Daseinsglücks,
muss unser Körper ständig
auch noch für unser Vergnügen
wiederhergestellt werden.

Montesquieu

Seit längerer Zeit tue ich
nichts mehr, als mich ausleben
und die Welt genießen.
Das ist einfacher, als ich immer
gedacht hatte, es ist ganz bequem.
Ich will nichts wissen,
nichts können, nichts tun,
nichts haben, ich will bloß
einmal sein. Da liegt man auf dem
Sofa und schaut zum Fenster hinaus
auf die gilbenden Lärchen,
über denen still und blau
der Herbsthimmel ruht.
Das ist alles. Das enthält alles,
was ich je gesehen, gehört, gelesen,
erfahren, getan habe.

Peter Rosegger

Rasch und langsam leben.
Das eine heißt,
das Leben genießen,
das zweite:
sich die Gelegenheit
zum Lebensgenuss erhalten,
das Mittel mit dem Zweck
erkaufen.

Friedrich Hebbel

Versuchungen sollte
man nachgeben.
Wer weiß,
ob sie wiederkommen.

Oscar Wilde

FRÜCHTE-COBBLER

Das braucht man:

500 g Birne
150 g Schwarze Johannisbeeren
125 g Himbeeren
250 g Brombeeren
200 g Rohrzucker
1 EL Maismehl
174 g Mehl
1 Tl Backpulver
75 g Butter
100 ml Buttermilch

BON APPETIT

Ein Fruchtauflauf, der ohne Boden, dafür aber mit Streuseln punktet!

So macht man´s:

Backofen auf 200° C vorheizen. Geschälte, entkernte Birnen in schmale Spalten schneiden. Beeren mit den Birnenspalten in eine gefettete Auflaufform geben. 50 g Zucker mit dem Maismehl verrühren und unter das Obst mischen. Mehl, Backpulver, Butter und 100 g Zucker krümelig verkneten. Buttermilch dazugeben, bis der Teig weich und cremig ist. Diesen auf den Früchten verteilen, so dass die Streusel den Teig nicht ganz bedecken. Mit dem übrigen Zucker bestreuen und im Ofen so lange backen, bis die Streuseldecke goldbraun ist. So genießt man's: mit Vanilleeis oder flüssiger Sahne!

BODENLOS GUT!

Es ist besser,
Genossenes zu bereuen,
als zu bereuen,
dass man nichts genossen hat.

Giovanni Boccaccio

Zwei Ziele gibt es im Leben:
Erstens, das zu bekommen,
was man wünscht,
und danach, es zu genießen.
Nur den Klügsten der Menschen
gelingt Letzteres.

Logan P. Smith

Weißt du,
worin der Spaß
des Lebens liegt?
Sei lustig!
Geht es nicht,
so sei vergnügt!

Johann Wolfgang von Goethe

Nicht nörgeln
und schnörkeln,
sondern lachen
und machen!

Cäsar Flaischlen

Wenn man sich allemal
vergegenwärtigt, wie viel
Malheur es auf der Welt gibt,
und dass man zufällig
im Augenblick nicht
daran beteiligt ist,
dann schmeckt der Augenblick
noch einmal so gut.
Ich lebe nicht auf den Höhen
des Daseins. Aber man möchte
doch auf den Höhen des Daseins
leben. Und da grabe ich mir eben
so meine kleine Grube und blicke
hinunter in die gähnende Tiefe …
Glück privat.

Kurt Tucholsky

Denn was der Mensch erstrebt hat, das ist in der Tat weder Schmerz noch Vergnügen, sondern einfach Leben. Der Mensch verlangt danach, intensiv, ganz und vollkommen zu leben. Wenn er das vermag, ohne auf andere Zwang auszuüben oder selbst Zwang zu erleiden und wenn ihn all seine Arbeiten befriedigen, dann wird er geistig gesünder, stärker, zivilisierter und mehr er selbst sein.

Oscar Wilde

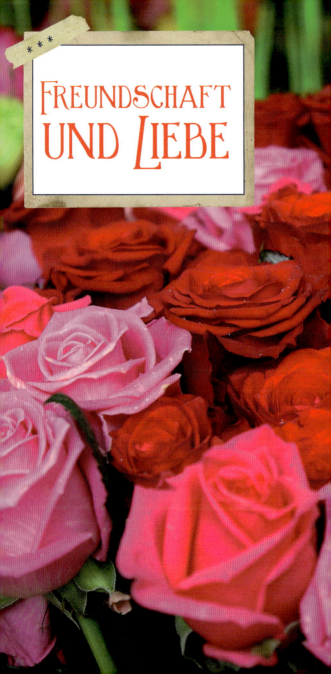

Les 11 Roses
14,50 €
Soit la rose

Das schönste Freundschaftsverhältnis: wenn jeder von beiden es sich zur Ehre rechnet, der Freund des anderen zu sein.

Marie von Ebner-Eschenbach

Ein wahrer und aufrichtiger Freund ist das größte Gut des Herzens, das ein Mensch auf dieser Erde haben kann. Die Freundschaft schließt erst völlig den Ring des Glücks.

Adalbert Stifter

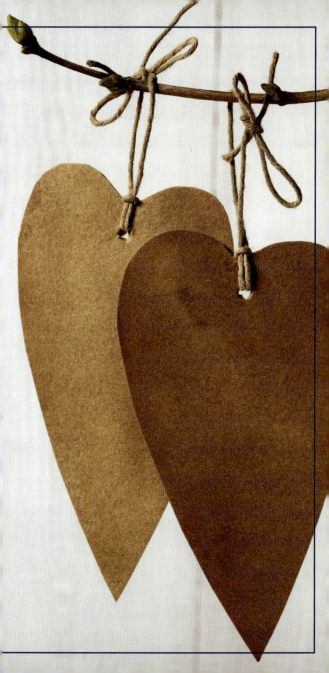

Gibt es etwas Beglückenderes,
als einen Menschen zu kennen,
mit dem man sprechen kann
wie mit sich selbst?
Könnte man höchstes Glück
und tiefstes Unglück ertragen,
hätte man niemanden,
der daran teilnimmt?
Freundschaft ist vor allem
Anteilnahme und Mitgefühl.

Marcus Tullius Cicero

Die Liebe ist etwas
Unvorhergesehenes.
Man spricht von einem Zufall,
aber es gibt keine Zufälle.
Sie ist ein Blitzstrahl,
der vom Himmel kommt
und uns erst in Flammen setzt,
wenn die Zeit für uns gekommen
ist. Sie ist eine Art Wunder,
sie lässt sich nicht
vorherberechnen,
sondern man muss
sie erwarten können …

aus Deutschland

Du und ich: Wir sind eins.
Ich kann dir nicht wehtun,
ohne mich zu verletzen.

Mahatma Gandhi

Das Liebhaben ist
gewiss das größte Wunder
im Himmel und auf Erden
und das einzige,
von dem ich mir
vorstellen kann,
dass ich es in Ewigkeit
nicht satt bekommen werde.

Caroline Claudius-Perthes

Cupcakes mit Vanille

Das braucht man für ca. 22 Stück:

Für den Teig:
250 g zimmerwarme Butter
250 g feiner Zucker
5 Tropfen Vanillearoma, 4 große Eier
250 g Mehl, 1 TL Backpulver,
5 El Milch oder Sahne

Für die Creme:
175 g zimmerwarme Butter
350 g Puderzucker
4 Tropfen Vanillearoma, n.B. Sahne,
n.B. Lebensmittelfarbe

Zum Dekorieren: Gebäckschmuck wie
kleine Zuckerröschen oder Zuckerkugeln

BON APPETIT

Süsse Törtchen für liebe Freunde!

So macht man den Teig:
Backofen auf 180°C vorheizen. Butter in Stückchen schneiden, mit Zucker und Vanillearoma in eine Rührschüssel geben und schaumig schlagen.
Die Eier dazugeben und alles verrühren.
Das Mehl und das Backpulver zusammen mit der Milch / Sahne mit einem großen Löffel unterziehen. Den fertigen Teig mit Hilfe von zwei Löffeln in Förmchen füllen. Die Küchlein 15-20 Min. backen, bis sie sich fest anfühlen. Abkühlen lassen.

So macht man die Buttercreme:
Butter in Stückchen schneiden, mit Puderzucker und Vanillearoma in eine Rührschüssel geben und zu einer Creme verrühren. Wenn die Masse zu flüssig wird, einfach etwas Puderzucker hinzufügen.
Ist sie jedoch zu fest, ein wenig Sahne dazu rühren, um es cremiger zu machen. Nach Belieben mit Lebensmittelfarbe färben. Die abgekühlten Törtchen mit der Buttercreme und Gebäckschmuck verzieren.

EINFACH FEIN!

Das Wesen wahrer Liebe
lässt sich immer wieder
mit der Kindheit vergleichen.
Beide haben die Unüberlegtheit,
die Unvorsichtigkeit,
die Ausgelassenheit, das Lachen
und das Weinen gemeinsam.

Honoré de Balzac

Menschen zu finden,
die mit uns fühlen
und empfinden,
ist wohl das schönste
Glück auf Erden.

Carl Spitteler

Schön ist
eigentlich alles,
was man
mit Liebe betrachtet.
Je mehr jemand
die Welt liebt,
desto schöner
wird er sie finden.

Christian Morgenstern

Jeder geliebte Gegenstand
ist der Mittelpunkt
eines Paradieses.

Novalis

ATEMPAUSEN FÜR DIE SEELE

Wir müssen
von Zeit zu Zeit
eine Rast einlegen
und warten,
bis unsere Seelen
uns wieder eingeholt haben.

Indianische Weisheit

Wie herrlich ist es,
nichts zu tun
und dann vom Nichtstun
auszuruhen.

Heinrich Zille

Wir halten uns niemals
an die gegenwärtige Zeit.
Wir nehmen die Zukunft voraus,
da sie zu langsam kommt,
gleichsam um ihren Lauf
zu beschleunigen; und wir rufen
die Vergangenheit zurück,
um sie aufzuhalten,
weil sie zu stürmisch entschwindet:
So unklug sind wir,
dass wir in den Zeiten umherirren,
die nicht unsere sind,
und nicht an die einzige denken,
die uns gehört.

Blaise Pascal

Erscheint dir etwas unerhört,
bist du tiefen Herzens empört,
bäume nicht auf, versuch's nicht
mit Streit, berühr es nicht,
überlass es der Zeit.
Am ersten Tage wirst du
feige dich schelten,
am zweiten lässt du dein Schweigen
schon gelten, am dritten Tag
hast du's überwunden;
alles ist wichtig nur auf Stunden,
Ärger ist Zehrer und
Lebensvergifter,
Zeit ist Balsam und Friedensstifter.

Theodor Fontane

Eine Pause zur richtigen Zeit,
kleine Auszeiten für Körper,
Geist und Seele.
Das ist doch die eigentliche
Lebenskunst!

Elisa Glück

Nimm dir jeden Tag
eine halbe Stunde Zeit
für deine Sorgen
und in dieser Zeit
mache ein Schläfchen.

Laotse

MARILLEN-KNÖDEL
MIT GERÖSTETEN SEMMELBRÖSELN

Das braucht man
für ca. 10 Stück:

160 g Butter
20 g Zucker
15 g Vanillezucker
1 Prise Salz, 1 Ei
1 Eigelb
300 g Quark (10%)
100 g Mehl
10 reife Aprikosen (Marillen)
5 Würfel Zucker
100 g Semmelbrösel
1 Prise Vanillezucker

BON APPETIT

Feine Leckerbissen, die Leib und Seele gut tun!

So macht man´s:

Butter mit Zucker, Vanillezucker und Salz schaumig rühren. Ei und Eigelb zugeben. Quark und Mehl untermischen. Den Teig kaltstellen. Die Aprikosen bzw. Marillen anschneiden und den Stein entfernen. Den Würfelzucker halbieren und in die Aprikose stecken. Den Quarkteig zur etwa 6 cm dicken Rolle formen, in 10 Scheiben schneiden und zu Knödel rollen. In jeden Knödel eine Marille geben und gut mit dem Teig umschließen. Die Knödel in leicht gesalzenes und kochendes Wasser legen. Nach dem Aufkochen 10 Min. lang ziehen lassen. Nach der halben Garzeit wenden. Sie sind gar, wenn sie an der Oberfläche schwimmen. Für die gerösteten Brösel Butter zerlassen. Zucker, 1 Prise Vanillezucker und die Brösel rösten. Die fertigen Knödel darin wälzen und sofort servieren.

Einfach himmlisch!

Man sollte alle Tage
wenigstens ein kleines Lied hören,
ein gutes Gedicht lesen,
ein treffliches Gemälde sehen
und - wenn es möglich
zu machen wäre -
einige vernünftige Worte
sprechen.

Johann Wolfgang von Goethe

Der Himmel hat den Menschen
als Gegengewicht gegen die vielen
Mühseligkeiten des Lebens
drei Dinge gegeben:
die Hoffnung, den Schlaf
und das Lachen.

Immanuel Kant

Was nicht geschehen soll,
wird niemals geschehen,
wie sehr man sich auch
darum bemüht.
Und was geschehen soll,
wird bestimmt geschehen,
wie sehr man sich auch anstrengt,
es zu verhindern.
Das ist gewiss. Weise zu sein
bedeutet daher, still zu bleiben.

Ramana Maharshi

Kein seliger Traum,
kein beglückenderes Ereignis
als Ruhe, stille Ruhe im Dasein.

Bettina von Arnim

Also worauf wartest
du noch?
Streck die Beine aus,
leg ruhig die Füße
auf zwei Kissen,
auf die Sofalehne,
auf die Ohrenstützen
des Sessels,
aufs Teetischchen,
auf den Schreibtisch,
aufs Klavier,
auf den Globus.
Zieh aber erst
die Schuhe aus,
wenn du die Füße
hochlegen willst.

Montesquieu

Muße? Das ist das Gegenteil von Nichtstun. Es ist gesteigerte Empfänglichkeit, ein Tun, das nicht aus dem Zwang der Not kommt, nicht aus der Gier nach Gewinn, nicht aus dem Gebot oder der Pflicht, sondern allein aus der Liebe und der Freiheit.
Es ist die anspruchsvollste aller Beschäftigungen, weil sie aus dem Kern unseres Wesens hervorgeht und aus der Freude am Schaffen selbst getan wird. Es ist vor allem die unverwelkliche Fähigkeit zum Staunen und zum Ergriffensein.

Christoph Wilhelm Hufeland

Solange man lacht,
ist man in der Gesellschaft
der Götter.

Weisheit aus Japan

Die höchste Form
des Glücks ist ein Leben
mit einem gewissen Grad
an Verrücktheit.

Erasmus von Rotterdam

Am liebsten möchte ich
jeden Tag ein Fest geben,
ein glänzendes, rauschendes
Fest mit wunderbarer,
sinnverwirrender Musik.
Der Sekt soll in Strömen
und Springbrunnen fließen,
und alle sollten übermütig froh
sein und bacchantisch tanzen.
Und viele Rosen.
Alles sollte so schön sein.
Und jeden Tag.

Franziska Gräfin von Reventlow

Das Glück unseres Lebens setzt sich zusammen aus winzigen Kleinigkeiten, den kleinen, bald vergessenen Wohltaten eines Kusses oder Lächelns, eines freundlichen Blicks, eines von Herzen kommenden Kompliments - zahllosen, unendlich kleinen Dosen angenehmer und belebender Freuden.

Samuel Taylor Coleridge

DE MARQU...

s CONDITION D'ORIG...

BALLON
VERRE

TIFS • DIGESTIFS

Freue dich,
trinke ein Glas,
betrachte die Gegenwart
als dein Eigentum,
alles andere überlasse
dem Schicksal.

Euripides

Ich spielte mit meinem
Entzücken und schloss
überfüllt die Augen zu und
sah nichts mehr als die Sonne,
die warm und lodernd durch
die Augenlider drang.

Jean Paul

Rosen-Champagner-Bowle

Das ist in 6 Gläsern drin:

500 g Himbeeren
100 ml Orangenlikör
1 Flasche trockener Weißwein
150 g Zucker
150 ml roter Traubensaft
2 EL Rosensirup
Eiswürfel
1 Flasche Champagner (Rosé)
Rosenblätter zum Dekorieren

À TA SANTÉ!

Ein köstlich-königlicher Trunk

Und so geht´s:

Himbeeren verlesen. Orangenlikör, die Hälfte des Weißweins und den Zuckers in einer Bowleschüssel verrühren, bis sich der Zucker aufgelöst hat. Himbeeren unterheben und das ganze ca. 2 Stunden kalt stellen. Danach den Traubensaft, den Rosensirup und den restlichen Wein dazugeben.
Kurz vor dem Servieren die Bowle in hübsche Gläser füllen. Eiswürfel dazu geben, mit eiskaltem Champagner auffüllen und mit den Rosenblättern dekorieren.

Auf das schöne Leben!

Vergessen Sie nicht:
Das Leben ist eine
Herrlichkeit!

Rainer Maria Rilke

Ein merkwürdig
schönes Ding,
das Leben!
Was für ein Reichtum
in mir und um mich.

Ilse Frappan

Man tanzt, man schwatzt,
man kocht, man trinkt,
man liebt. Nun sage mir,
wo es was Besseres gibt.

Johann Wolfgang von Goethe

Die Welt ist mit
so vielen Dingen gefüllt,
dass wir alle glücklich
wie Könige sein sollten.

Robert Louis Stevenson

Liebe Leserinnen und Leser,

hoffentlich mögen Sie dieses Buch so sehr wie wir. Und hoffentlich hat es Sie dazu inspiriert, das Leben in all seiner Vielfalt unendlich zu lieben und zu schätzen. Das Leben bietet viele unvergessliche Erlebnisse, liebenswerte Menschen und zauberhafte Dinge, so dass wir Ihnen wünschen, dass Sie es in vollen Zügen genießen können. Denken Sie stets daran:
Das Leben ist schön, man muss nur etwas daraus machen!
Herzliche Grüße!

* * *

16-6-1945

La vie est jolie!

tu m'embrasse mon

pour toi

Bildnachweis

Titelfotos:
Vorderseite und Rückseite:
© fotolia: Rot-weißer Streifenhintergrund: oscurecido;
Vintage-Landkarte von Paris: Pontus Edenberg;
Vintage-Eiffelturm: Freesurf; Vintage-Karten: Freesurf
© istock: Ina Peters

Innenteil:
© fotolia: alle rot-weißen Streifenhintergründe: oscurecido;
alle Vintage-Landkarten von Paris: Pontus Edenberg; Vintage-Eiffelturm: Freesurf; S. 4: Yves Damin; S. 6 / 7: Xtravagant; S. 9: Wildis Streng; S. 12: Jacques Palut; S. 15: Konstantin Drieß; S. 17: Thomas Perkins; S. 18 / 19: Jkeen; S. 20: Ekaterina Pokrovsky; S. 24 / 25: styf; S. 30: Pixeltheater; S. 33: skampixel; S. 35: Ina Schoenrock; S. 36 / 37: Immo Schiller; S. 38: Stefan Körber; S. 40 / 41: styf; S. 52 / 53: Clarini; S. 83: JJava; S. 85: Malin Jo; S. 86 / 87: Anne Katrin Figge; S. 92 / 93: Trombax; S. 98: stedah; S. 108 / 109: PHB.cz; S. 119: HLPhoto; S. 23: PHB.cz; S. 126 / 127: Friedberg; S. 129: Ina Schoenrock; S. 137: hartphotography

© istock: alle Klebestreifen: ranplett; alle Zettel auf den Rezeptseiten und den Kapitelaufmacherseiten: subjug; S. 27: Brasil2; S. 43: Hans Martens; S. 46: Ina Peters; S. 49: Tommounsey; S. 51: michele lugaresi; S. 54: Martine Doucet; S. 58 / 59: Pasticcio; S. 61: Carmen Martínez Banús; S. 64: Vittorio Vittori; S. 67: Eric Tadsen; S. 69: Heinrich Volschenk; S. 70 / 71: Nikada; S. 72: Alija; S. 74 / 75: Nikada; S. 77: Ian Nixon; S. 80: Vassilij Vassilenko; S. 88: andipantz; S. 95: elena moisseeva; S. 101: Ruth Black; S. 103: Miroslava Arnandova; S. 104 / 105: stocknshares; S. 106: Damian Evans; S. 111: Eric Hood; S. 114: Alexandr Tkachuk; S. 117: babsi_w.; S. 120 / 121: Jaume Ribera; S. 132: Gerri Hernandéz; S. 135: Gustaf Brundin; S. 138 / 139: Matthew Dixon; S. 140: jean gill; S. 142 / 143: Valerie Loiseleux

Für Claudio ♡

© 2012 Esslinger Verlag J.F. Schreiber
Anschrift: Postfach 10 03 25, 73703 Esslingen
Bild- und Textredaktion: Friederike Spieth
Umschlaggestaltung und Layout: Katharina Scherer
www.esslinger-verlag.de
Alle Rechte vorbehalten
ISBN 978-3-480-22891-1